# PORQUE HEMINGWAY SE MATOU

uma novela de Gustavo Duarte

Editora Appris Ltda.
1.ª Edição - Copyright© 2024 do autor
Direitos de Edição Reservados à Editora Appris Ltda.

Nenhuma parte desta obra poderá ser utilizada indevidamente, sem estar de acordo com a Lei nº 9.610/98. Se incorreções forem encontradas, serão de exclusiva responsabilidade de seus organizadores. Foi realizado o Depósito Legal na Fundação Biblioteca Nacional, de acordo com as Leis nos 10.994, de 14/12/2004, e 12.192, de 14/01/2010.

Catalogação na Fonte
Elaborado por: Dayanne Leal Souza
Bibliotecária CRB 9/2162

| | |
|---|---|
| D812p<br>2024 | Duarte, Gustavo<br>    Porque Hemingway se matou: uma novela de Gustavo Duarte / Gustavo Duarte. – 1. ed. – Curitiba: Appris, 2024.<br>    50 p.: il.; 21 cm.<br><br>    ISBN 978-65-250-6395-9<br><br>    1. Suicídio. 2. Iluminação. 3. Espiritualidade. 4. Psicologia. I. Duarte, Gustavo. II. Título.<br><br>                                                         CDD – 801.92 |

*Appris*
*editora*

Editora e Livraria Appris Ltda.
Av. Manoel Ribas, 2265 – Mercês
Curitiba/PR – CEP: 80810-002
Tel. (41) 3156 - 4731
www.editoraappris.com.br

Printed in Brazil
Impresso no Brasil

Gustavo Duarte

# PORQUE HEMINGWAY SE MATOU

Curitiba, PR
2024

## FICHA TÉCNICA

| | |
|---|---|
| EDITORIAL | Augusto Coelho |
| | Sara C. de Andrade Coelho |
| COMITÊ EDITORIAL | Ana El Achkar (Universo/RJ) |
| | Andréa Barbosa Gouveia (UFPR) |
| | Antonio Evangelista de Souza Netto (PUC-SP) |
| | Belinda Cunha (UFPB) |
| | Délton Winter de Carvalho (FMP) |
| | Edson da Silva (UFVJM) |
| | Eliete Correia dos Santos (UEPB) |
| | Erineu Foerste (UFES) |
| | Erineu Foerste (Ufes) |
| | Fabiano Santos (UERJ-IESP) |
| | Francinete Fernandes de Sousa (UEPB) |
| | Francisco Carlos Duarte (PUCPR) |
| | Francisco de Assis (Fiam-Faam-SP-Brasil) |
| | Gláucia Figueiredo (UNIPAMPA/ UDELAR) |
| | Jacques de Lima Ferreira (UNOESC) |
| | Jean Carlos Gonçalves (UFPR) |
| | José Wálter Nunes (UnB) |
| | Junia de Vilhena (PUC-RIO) |
| | Lucas Mesquita (UNILA) |
| | Márcia Gonçalves (Unitau) |
| | Maria Aparecida Barbosa (USP) |
| | Maria Margarida de Andrade (Umack) |
| | Marilda A. Behrens (PUCPR) |
| | Marília Andrade Torales Campos (UFPR) |
| | Marli Caetano |
| | Patrícia L. Torres (PUCPR) |
| | Paula Costa Mosca Macedo (UNIFESP) |
| | Ramon Blanco (UNILA) |
| | Roberta Ecleide Kelly (NEPE) |
| | Roque Ismael da Costa Güllich (UFFS) |
| | Sergio Gomes (UFRJ) |
| | Tiago Gagliano Pinto Alberto (PUCPR) |
| | Toni Reis (UP) |
| | Valdomiro de Oliveira (UFPR) |
| SUPERVISOR DA PRODUÇÃO | Renata Cristina Lopes Miccelli |
| PRODUÇÃO EDITORIAL | Adrielli de Almeida |
| REVISÃO | Sabrina Costa |
| DIAGRAMAÇÃO | Ana Beatriz Fonseca |
| CAPA | Lívia Weyl |
| REVISÃO DE PROVA | Jibril Keddeh |

*Dedico estas palavras aos espíritos adormecidos.*

# AGRADECIMENTOS

Agradeço a D'us pelo privilégio de escrever.

*"Perdi alguma coisa que me era essencial, e que já não me é mais. Não me é necessária, assim como se eu tivesse perdido uma terceira perna que até então não me impossibilitava de andar mas que fazia de mim um tripé estável. Essa terceira perna eu perdi. E voltei a ser uma pessoa que nunca fui. Voltei a ter o que nunca tive: duas pernas. Sei que somente com as duas pernas é que posso caminhar. Mas ausência inútil da terceira me faz falta e me assusta, era ela que fazia de mim uma coisa encontrável em mim mesma, e sem sequer precisar me procurar."*

A paixão segundo G.H. (Clarice Lispector)

## APRESENTAÇÃO.

Um grande escritor não é aquele que apenas conta histórias. Um grande escritor é aquele que antes de escrevê-las, vive, repara e digere, e depois de tirar suas próprias conclusões sobre a realidade, as fundem com a imaginação, e, por fim, expressa toda a vida que o cerca. Um simples artista. O expressar que é complicado e sua complicação responde a pobreza ou a riqueza de todos os outros contextos.

Muitos estão medrosos diante ao espelho e acabam por imitar os olhos de outros, e isso faz com que a nossa literatura, nos dias de hoje, para não precisar de exemplos mais profundos, se torne redundante e sem vida, como a maioria das expressões artísticas contemporâneas presentes. É aquilo, a época e o contexto do presente influenciam com certeza nas maneiras em que os artistas expressam o mundo, entretanto, não é o que acontece hoje. De forma alguma. Pelo contrário. A realidade de hoje, pelo menos aqui no Brasil, está matando os poetas, e aqueles que ascendem é para criticar a sua própria morte. Mesmo os pintores pintando jabuticabas cor-de-rosa, mesmo os músicos compondo hibridismos de fusões de todos os ritmos, o artista hoje sofre da mesmice e da prisão causada por ela, e por mais que tentem, é quase impossível, para eles e para mim, se libertar desse cobertor encharcado. Hoje, infelizmente, isso é uma guerra autoconsciente, em que antes era natural ser você mesmo e normal ser diferente de todos os outros.

Repara-se que todos estão ficando igualmente iguais por medos infundados e ilusórios. Sem vida. Sem criatividade. Sem amor. Sem sabedoria e sem verdades, portanto, sabendo de tudo, menos quem realmente são. E voltando ao que realmente vim dizer antes de ser tomado pelo sufocante fôlego do desabafo, resumindo a única coisa que quero deixar bem claro, é que Hemingway foi um grande autor da vida e da verdade, porém este livro nada tem a ver com ele, mas, sim, com qualquer suicídio.

# NOTA AO LEITOR.

**Contextualização crítica:**

Relevância histórica ou literária: *Porque Hemingway se matou* se destaca como uma obra contemporânea que aborda questões profundas da condição humana. Sua relevância no contexto literário moderno é inegável, e sua capacidade de explorar temas universais o torna uma contribuição valiosa à literatura contemporânea.

Influências e movimentos literários: A obra revela influências literárias diversas, mas também se destaca como uma voz única e original no cenário literário atual. Ela dialoga com movimentos literários que exploram a psicologia dos personagens e a complexidade da vida moderna.

**Argumentação:**

Apresentação de evidências: A obra apresenta evidências sólidas de seu valor literário, incluindo uma narrativa envolvente, personagens bem-desenvolvidos e uma exploração profunda de temas significativos.

Avaliação das qualidades literárias: *Porque Hemingway se matou* demonstra uma série de qualidades literárias notáveis. A habilidade do autor em criar uma atmosfera única, desenvolver personagens cativantes e transmitir mensagens profundas faz desta obra uma contribuição valiosa para a literatura contemporânea.

**Reflexões finais:**

*Porque Hemingway se matou* é uma obra que nos desafia a refletir sobre a vida, a morte e o significado de tudo o que está entre elas. Sua narrativa intensa e seu profundo mergulho na mente do protagonista cativarão os leitores.

# PREFÁCIO.

Vida. São muitos os jeitos de viver. Tem gente que vive uns noventa anos. Tem gente que repete um ano noventa vezes. Sem dúvidas, o autor desta novela é do primeiro tipo.

Ele, assim como eu, está vivendo seus trinta anos, dos quais compartilhei aproximadamente vinte. Sempre digo que a idade não traz experiência, tampouco sabedoria. Essas vêm a partir de duas irmãs: reflexão e ação. Refletir e agir.

A confusão e o desespero de Hemingway já foram de Gustavo.

Gustavo, assim como Hemingway, se perdera. À deriva em seus pensamentos, também concluiu que sua vida era um lixo. Viu a olhos nus a morte de seu espírito.

Gustavo, assim como Hemingway, se matou. Ele tinha 22 anos de idade.

Gustavo, diferentemente de Hemingway, se matou ao refletir e agir. Ao perceber a cor da vida esvair diante de seus olhos, decidiu transformar sua solidão e tristeza em força motriz.

Gustavo matara o menino. Nascera o homem.

Locomotiva imparável. Desde o dia da morte do seu eu-menino, isento de perspectiva e responsabilidades, agiu.

Todo dia um passo mais perto do seu eu-homem, corajoso e amoroso.

Dois anos depois, já com 24, me disse: "Minha vida era um lixo... agora tenho um lixo", apontando para a lixeira que ficava abaixo da mesa que apoiava a máquina de escrever que gerou Hemingway.

Neste momento, Gustavo passou a viver a vida intencionalmente, tomando-a pelas rédeas. Passou de "ter 24 anos" para "estar vivendo seus 25 anos". E desde então não parou. Ele escreveu e escreve diariamente as páginas do livro da história da sua vida.

Gustavo, diferentemente de Hemingway, teve coragem de compartilhar seus pensamentos e de dividir seus momentos de lixo com as pessoas que o amam e que ele ama de volta.

Por isso estou aqui. À medida que o amo e sou amado, coparticipo nos belos capítulos de sua vida. Gustavo e eu só encerraremos essa parceria no último suspiro de um de nós.

Estaremos lado a lado, porém um estará ajudando a carregar o caixão com o outro do lado de dentro. E mesmo não estando no mesmo plano, saberemos que esse fim de fato foi uma morte: O ato final de uma vida bela, que valeu a pena ser vivida.

O que você está prestes a ler é o relato de um sobrevivente. Aproveite. Identifique-se. Crie empatia. Ofereça e peça ajuda.

*Muito obrigado.*
**Thales Nogueira**

Quando uma criança percebe que cresceu, é quando se viu acreditar nas mentiras que ouviu, ou nas verdades que descobriu.

O único que fica de costas para a plateia é o maestro, eu sei, porém, os fracos são sempre assim, preferem ficar de frente ao mais belo. Já aqueles que dão a vida aos instrumentos são os que mais ganham, pois pressuponho que são os que mais sentem a vida; sei, é claro, que o maestro também navega pelos mares dos sentimentos, é ele quem dá vida aos seus próprios olhos e aos tristes olhos da plateia. Penso assim, mas não sei o que vou fazer hoje, tenho trabalho às sete horas e estou cansado de levantar cedo. Sim, estou deitado olhando para o teto, lembrando-me da vez em que eu assisti a orquestra da cidade onde vivi meus melhores tempos. Acabei de olhar meu relógio, que me fez esperar o ônibus que nunca chegava, e quando dei conta da tardança, o relógio da igreja marcava dez horas e não oito. Nesse dia, tive que voltar para a casa de Lúcia. Não gosto muito de ficar perdido no passado, mas os sonhos me carregam inevitavelmente. Sempre que acordo me lembro de ter sonhado com mamãe fazendo café antes de eu ir para a escola, ou com Lúcia deitada na cama numa época em que quase moramos juntos. Dessa vez, sonhei com a orquestra, e como qualquer música que vem à cabeça quando acordamos, lembrei-me do maestro descabelado, excitado, dando voz à pequena sinfonia. E é isso, não sei que terno uso, mas acho que vai ser esse mesmo. Gosto de riscas de giz, mas não tão grossas.

— Querida, como estou?

— Lindo.

— Gosto de você por isso.

— Por isso o quê?

— Pelo seu jeito dissimulado, me lembra bem a Lúcia.

— Por que não volta pra ela?

— Porque ela me lembra você, meu bem, e com você não sinto saudades dela, mas com ela, sinto saudades de você... Volta a dormir, que vocês precisam descansar.

— O café está sem açúcar.

E voltou a dormir, embrulhada no branco dos lençóis. A única diferença de Lúcia é que a pele de Estela é todinha furada de sardas, e como sou apaixonado. Não existe nada mais bonito que o céu estrelado e uma mulher sardenta. Sardenta nos seios, nas costas, nas maçãs do rosto, nas pernas, nos ombros... pensando assim, não sei se me casei com Estela pelo amor que senti nas épocas de paixão, ou porque era pintada como minha mãe.

Tenho que aprender a sair mais cedo. Nunca dou sorte. O elevador sempre demora. Deve ser antigo, ou por ser hora de todos irem trabalhar. Sem dúvidas deveria ter dois. Esse gosto amargo do café de Estela me dá sede e a sede me dá calor, que inferno...

Sabe, vou fazer isso mais vezes, vou começar a ir a pé para o trabalho, não faço nenhum exercício, estou sedentário, e não me lembro da última vez que fiz amor com Estela. Não tenho tempo para correr e nem para andar na minha bicicleta. Pensando nisso, sem falta vou levá-la para arrumar nesse final de semana, o pneu está furado, com certeza. Estela vai adorar, vai ser bom para sua saúde e não é certo que fique trancada dentro de casa o dia inteiro; sim, vou levá-la ao teatro, aos festivais de verão, às festas juninas... Os bebês sentem o lugar, e tenho certeza disso também. Vai ser bom dar uma variada. Vai ser bom para todos, principalmente para mim que estou quase ficando louco pelo ócio; penso assim porque minha cabeça ultimamente não se desliga dos processos, do novo cara que entrou para trabalhar no escritório e ao meu ver dará mais trabalho do que folga, e nunca imaginei que uma criança me daria tantas preocupações mesmo ainda não respirando. O ócio não é só não fazer nada, mas também é ficar flutuando pela vida sem tomar alguma atitude diferente, dando a impressão que o tudo é o nada e assim fazendo com que as coisas e os sentimentos percam o devido valor. Nunca pensei que minha vida chegaria a este ponto. Sinceramente. Queria poder voltar aos meus dezoito anos e viver tudo o que vivi, novamente; como queria estar vivendo perto de Lúcia, fumando meu baseado pela primeira vez, sentindo de novo o frio petrificante da primeira paixão que mais se parece com o fim do mundo, como eu queria. Eu queria sentar na sala de aula e escutar o que sei hoje pela primeira vez; queria conseguir ver o verde dessas folhas que foram cobertas pelas fuligens da insensatez, e ver, regado de inocência, essas ruas lotadas apenas de bons rapazes e boas mulheres, enxergando apenas o amor e não a angústia e o desespero que escurecem suas auras. O trânsito. Olha só esse trânsito, o engarrafamento que corre mais devagar que meus passos; os carros foram feitos para andarem mais rápido que o tempo da vida e não para ficarem parados no estresse dos homens; não consigo entender, não consigo enfiar dentro da minha cabeça que até isso deixou de ser belo, deixou de ser proveitoso por aqueles que o fizeram útil. Olha só como o sinal vermelho é para os homens o mesmo que a capa do toureiro é para os touros espanhóis. Como vou criar meu filho, meu Deus, como vou levar minha vida adiante sendo que não consigo nem me libertar das próprias coisas que vejo! Hoje tenho trabalho, uma mulher, um carro na garagem, mas não tenho mais sonhos! E o pior, já não sei mais como tê-los. Deito e quando me levanto tenho a sensação que nunca dormi. Não descanso, ou são as sombras do passado ou são apenas os brancos do esquecimento que se fazem das minhas manhãs, não existem sonhos renovadores, não existem mais sonhos em minha vida. O que vivo hoje mais se parece com o inferno, estou morto! Passo a vida duvidando da minha existência, pastando como um gado, comendo a lavagem dos porcos, cego perante às cores da natureza, meu Deus, o pior é que sei que estou falando comigo mesmo, o senhor não existe e nunca existiu, e acredito que quando chegar ao escritório farei as mesmas coisas de sempre, falarei as mesmas coisas, ouvirei as mesmas coisas e lerei, por mais diferentes que se pareçam, os mesmos processos de vidas. Sim, sou o melhor advogado da região, mas até isso se desfez de sentido, e percebo que os pilares que sustentavam meu ser foram demolidos pelas guerras infelizes e angustiantes do meu cotidiano, e olhando bem, reparo que a vida é isso mesmo: é um mártir do passado e um esquecimento do presente. Olha só esse cara que acabou de passar por mim, vestindo o mesmo terno que uso e que decerto comprou no mesmo lugar que comprei, e pior, deve ter dito à sua esposa o mesmo que perguntei a Estela quando saí pra trabalhar; o que talvez mude, por ser tão alto, flutuando em passos mais largos do que os meus e invadindo toda a calçada, é a sua voz grossa, dizendo: "Como estou meu amor? para ir me matar mais um pouquinho hoje e chegar fedendo a porco para você..." E decerto ela diria a mesma coisa que Estela: "Lindo como sempre, meu querido, e o que mais gosto em você é seu cheiro de sangue...", mas não. Ela sequer sabe da minha existência e seu marido que veste o mesmo terno que agora me sufoca não é capaz de fazê-la feliz da forma que consigo fazer Estela e, agora, meu filho.

    Nem por um momento. Nem quando sonha. Se é que sonha.

— Um expresso, por favor.

— Pequeno, médio, ou grande, chefe?

— Pequeno!

    E esses cabeças de bagre, não entendo, correm da seca para morrerem de sede na cidade grande, trabalham como escravos e não percebem... Mas o que eu estou pensando! Engraçado, sou pior que eles, sou pior que o cara do terno, sou pior que o trânsito e mais deplorável que a roupa suja daquele mecânico. Passo minha vida julgando bandido e sou pior do que eles, pior do que os crimes que cometem... Que inferno que ando vivendo... Que vida é essa, que pobreza é essa, se Deus realmente existisse, companheiro, você não estaria servindo meu café agora e nem eu esperando a vida passar. Quer saber onde estaríamos se Deus fosse tão piedoso? Estaríamos flutuando nas nuvens que não existem. E olha só como sou poético. Nas nuvens que não existem! Nas pontas cintilantes das estrelas que já morreram, em seu colo confortável e embalsamado pelas suas longas barbas proféticas, mas, não, pobre nordestino, estamos fritando, empanados na terra árida e rugosa do seu chão. Estamos fervendo, plantados no barro da sua casa, sofrendo as chagas da merda do barbeiro da esquina. Somos cortados por navalhas sem ao menos nos preocuparmos em colocar aquele paninho quente, que antes se coloca para não doer tanto assim...

— Obrigado, quanto é?

— Três reais, amigo.

Quente! Olha só minha ansiedade! Olha só como estou, se eu me olhasse num espelho acho eu não enxergaria meu reflexo, ou por estar no passado ou por estar vagando pelo futuro. Não sei que porra estou fazendo tomando outro café, não sei porque estou desejando tanto me matar, não sei porque tenho tanto sono e má vontade, que depressão é essa! É o sono ou a ânsia, o sintoma da depressão? O Dr. Rodrigo disse que era o sono excessivo, e eu o tenho. Mas não estou depressivo, estou bem, quero logo chegar ao trabalho, mandar o novo cara pagar minhas contas, rever o processo do

Fábio e olhar a bundinha magra da minha secretária. Nunca imaginei que advogar me realçaria tanto a imaginação. Gosto de imaginar. Gosto de ver a bunda esquelética da secretária e imaginar uma bunda linda, pêssega como era a de Lúcia, meu Deus, acho que preciso de terapia, e preciso mesmo. Ou terapia ou outra vida. Estou começando a ler escuro onde já li branco e isso sempre foi perigoso, mas esquece. Veja só esses pássaros, veja só a minha vida, veja só as pessoas caminhando no compasso dos seus tempos, no ritmo pavoroso da felicidade das suas cobiças, e espero que estejam mesmo felizes, pois agora também estou; estou calmo e sei que é só a droga do café que me faz passar mal de tanto pensar. Olha só esse trânsito carnívoro: uma grande tragédia. Como os gregos a idolatravam! Como era linda! Como eles conseguiam enxergar o belo nas coisas mais abomináveis da vida. Mas, pensando bem, onde encontro a loucura nisso tudo? São todos loucos, imagino. Creio que todos, em suas vidinhas, se não fossem pelos momentos de lucidez e pureza mediando suas insensatas loucuras e ilusões, nunca iriam sentir o banho quente do amor nem enxergariam o prazer que se tem ao contemplar as mais simples coisas. Mas o que isso importa? Nada! Vão morrer! Os pobres vão morrer sem sentir a brisa fresca de dirigir um importado e os ricos vão morrer afogados, engasgados e apavorados, degustando o gosto amargo das próprias ilusões descendo, rasgando a boca do estômago e misturando a comida cara do restaurante com a merda do seu inquietante e ansioso café da manhã. Podre! Eu sou podre! Aquele cara, esse terno, essa cidade, essas pessoas, eu mesmo! Fizeram-me sentir o gosto podre da minha insignificância. Fez-me cegar os olhos diante das minhas próprias qualidades; fez com que elas acordassem em vultos negros na minha consciência como se fossem autoconfirmações obrigadas pelo meu egoísmo para que eu me sentisse melhor, vai! Você é mais bonito! Sim, você mesmo! Você é muito mais capaz do que qualquer um! Não, não é o terno de mil reais que te faz ser melhor do que aquele miserável. Você nem sabe se aquele terno, por mais parecido que fosse, fora comprado na mesma loja, e, sim, você é um advogado muito bom e sabe disso; quantos você já não colocou para mofar nas entranhas de uma prisão? Quantos você já não defendeu a indignidade e os colocou no inferno? Mas que confusão! Já não sei mais se a prisão seria melhor que viver minha vida. Já não sou capaz de reparar nas poucas árvores dessa cidade, já não sou capaz de sentir a brisa fresca desse frio da manhã, e o calor sobe do peito para a boca e da boca quero soltá-lo como um dragão, e matar toda essa gente mesquinha, egoísta, metida a besta e que não têm ao menos fôlego para mergulhar na própria vida; me pego agora olhando para o sol e não encontrando brilho, apenas calor, apenas inferno, apenas o vômito da minha insignificante existência. Olha essas borboletinhas voando, felizes num vale de ossos; essa sujeira no chão e o esgoto fedendo a gente morta. Pessoas que têm medo de olhar nos olhos de outrem. Medo. Medo! Essa é a palavra, ela resume tudo, ela está me resumindo agora... Como devo estar parecendo para essa gente... Não é o que dizem, que mostramos o que pensamos? Devo estar belo e implorando a piedade para aqueles que estão calmos e devo estar pegando fogo aos olhos daqueles que estão na mesma que a minha. Estela deve estar tranquila agora, dormindo, sonhando com seu filho... Imagina se eu pedisse a ela para que abortasse? Daria desculpas. Seria muito arriscado criar um filho e seria muito melhor aproveitarmos a vida enquanto nos resta, diria. Mas que vida! Esqueço-me que a vida seria mais proveitosa se morrêssemos. Cansei. Não quero mais pensar, cansei de pensar, já basta! Chegarei ao trabalho daqui a pouco e ficarei entretido. Amo o que faço! Amo! Mas pensando bem acho que amo mais o fato de querer amar o meu trabalho, para assim dar sustância ao que vivi até agora. Já não sei mais... Não sei nem onde estão os meus cigarros... E agora, pensando melhor, não sei nem porque fumo, para dizer bem a verdade. É isso mesmo, sim, você aí mesmo cachorrinho, que não sabe da existência da morte, que vive tranquilo, numa paz impossível, que não precisa trabalhar, não precisa se preocupar com uma mulher grávida que só dorme e não ajuda em nada; você vive muito bem aí, deitado, preguiçoso, esperando o esperar... Sabe o que é aquilo lá em cima? Já viajou de avião? Creio que não, creio que nem desse lugar saiu pois é aí que está acostumado a receber comida, não é? Só porque é magro, esbelto, tem a cara do amor, tem essas manchinhas marrons aí, é branquinho, fica pensando que a vida é isso mesmo, sim, cachorrão, penso assim, mas como eu queria estar no seu lugar. Infelizmente, até a sua vida está melhor que a minha; tanto a sua quanto a de todos os passageiros do avião que estão indo talvez a Paris ou aos Estados Unidos, ou qualquer merda de lugar que se tenha tempo para viver e fazer guerras e comprar coisas insignificantes e sei lá mais o quê... Hoje até pobre viaja, e eu aqui, trabalhando, encarando bandido e não tendo tempo nem de ir visitar minha cidade. É isso, será que vende cigarro nessa espelunca? Vende!

— Um daqueles, por favor.

— Seis e setenta e cinco.

— Aumentou, né?

— Sim, não estão perdoando nem os cigarros...

A Inflação está, minha querida, do tamanho da sua barriga se você não sabe. Não estudou e é por isso que trabalha aí, igual escrava. De novo não, meu Deus! Por que toda vez que penso assim é como se eu estivesse no lugar dela? Escravo da vida é isso que sou, escravo da vida! Não pensei para chegar até aqui, não aprendi nada com a vida que se passou, não vivi nada de olhos abertos, e vejo que ao invés de levá-la no colo, ela que me levou, de camisa de força, anestesiado, para o olho catastrófico do tornado. Dor nas costas, nos pés, não faço nada além de fingir que vivo, mas me abstenho, minha vida é boa sim, só preciso ajustá-la. Precisava ser punido por pensar assim, sem dúvidas. Ainda falta uma boa caminhada para chegar até o escritório, e esse violino desafinado que soa dos meus pulmões mostra-me o quão destruído estou por dentro. Imagine só se eu fosse um índio mensageiro; as cartas não chegariam, e me encontrariam, ao invés de morto por parada cardíaca, morto pelo câncer que não saberiam explicar. Mas eu fumo. Fumo porque gosto de sentir a fumaça pegar na garganta, o gosto da morte, e não sei porque ando pensando tanto nela assim, estou triste, acabado; a vida nos tempos de criança era tão boa que em comparação já estou morto, pois é. A vida é feita de desapegos, mas o pior é se desapegar e não ter mais nada para se pensar e viver; até meu filho, que espero, dentro do ventre de Estela, não me faz mais sentido, estou fraco diante ao meu presente, e o que ainda me mantém vivo é a fraca força do meu insensato futuro, ansioso de tremer-me os dedos, de precisar tomar remédios para louco, enquanto ainda me restam os prazeres e as fartas felicidades das nostalgias do meu passado. É a primeira vez que me pego realmente pensando no presente. Não deveria ter vindo a pé, sentindo o verdadeiro tempo da minha vida, deveria mesmo ter vindo de carro, sentindo o estresse correr em minhas veias. Só assim mesmo para que eu me sinta vivo. Só pode. Queria não voltar a ver Estela; não queria que se deparasse comigo fraco assim, chegando arrastado, engatinhando, entrando igual fantasma pela porta do apartamento. Iria desmoroná-la ao invés de ajudá-la nas horas que mais precisa de mim. Mas não importa, não vou voltar, não vou pra casa tão cedo, é isso. Talvez um bar, uma puta, talvez sei lá o quê. Menos ir para casa nesse estado. O medo está me corroendo a espinha, estilhaçada pela vida, por mim, e por tudo que deixei de viver. Não vejo saída, nem luz, nem merda de túnel, nem nada. Estou afogado em coisas que para os outros não fariam o menor sentido e é este o problema. São os meus precipícios, e o fundo que cheguei também é só meu. Olhando assim pareço normal, não é? Olhando assim sou um cara normal em meio a tantos que se dizem normais, saudáveis, melhores, com certeza, do que eu.

    Porque vesti esse terno logo hoje? Se essa infelicidade não tivesse acontecido, tenho certeza que não estaria pensando nem metade do que pensei. Entretanto, estou confortável por pensar que algumas coisas são propositais da vida, como se não bastasse nos matar aos poucos, ainda têm que nos torturar. Medíocre que sou... Mas penso que talvez não seja ela que nos mate ou que nos torture ou que nos faça fracassar diante da sua grandeza, talvez sejamos nós mesmos que, olhando no espelho, esfacelamos nossos próprios punhos tentando nos resgatar... Já não sei de mais nada. O que será do meu filho... O que será de mim se pedir aborto à minha mulher... O que será dela se se deparar com um animal igual a mim, chegando do trabalho ensanguentado, pedindo para que não tenha o filho que antes foi tido numa noite tão maravilhosa, mas que hoje não faz o menor sentido aos meus fartos e insuportáveis sentimentos... Estou preso. Alguém me ajude! Sei que meu pedido não será ouvido se eu não gritar, e se grito agora, com certeza não darão ouvidos ao meu desespero. Veja só, estão todos com pressa, seguindo seus lindos e floridos caminhos. Preciso de ajuda. Pelo amor de Deus, preciso de ajuda! Não sei por que insisto em clamar por alguém que só me fez sofrer. Deus, grande refugiado dos fracos, você assassinou quem eu mais amava e ainda consegue fazer da minha existência insuportável. Imagino que seu desprezo pela minha vida inteira sirva de salvação para outros; se fosse piedoso, me tiraria esses tormentos. Se ao menos se importasse... Mas não, é indiferente a tudo. Quando penso que talvez exista, é nesse momento que sinto medo; medo de que exista e só cause novamente desgraças; vai que nem preciso pedir para que minha mulher aborte; vai que tire isso de mim sem ao menos eu precisar implorar. Estou quase chegando e não há jeito de trabalhar assim, não há jeito de sair de lá e enfrentar qualquer júri, não há jeito; não conseguiria olhar para a face de nenhum injuriado pois ele me engoliria apenas com a escuridão do olhar. Não consigo não pensar e juro, estou ficando esgotado. Estou morrendo diante da beleza que foi um dia a vida que vivi, sim, estou de joelhos e tendões cortados, ajoelhado por fraquejar e não por veneração. Eu poderia dar meia volta e voltar para casa, porém lá não encontraria a paz que preciso, e seria um caminho amargo, infernal e sem volta para lugar nenhum.

— Bom dia, Dr.

— Bom dia, menino.

Como era bonita essa sala nas épocas em que meu mundo era só pensar em Lúcia; nos tempos em que me formei e meu pai me presenteou, gastando o que não tinha, emoldurando meu diploma. Como era linda, e por que hoje está tão apagada mesmo de janelas abertas, por quê? O que foi dessa vez... O que aconteceu com o brilho desse lugar nos tempos em que eu achava a melhor coisa do mundo ter processos em cima da minha mesa, quando os livros dessa estante eram vivos na minha consciência, quando eu tinha o prazer em fumar meu cigarro enquanto escrevia maravilhosas petições, para aonde foi tudo isso, meu Deus? Por favor alguém me ajude... Hoje vivo com medo de dormir e acordar com o cano de uma arma na cabeça, fruto das justiças que faço com meu trabalho, inferno! Inferno! Porém, se você existe então, fogo do meu inferno, onde estão as nuvens e a felicidade do paraíso? Onde foi que deixei meus melhores sentimentos e quando foi que virei um egoísta? Não sei... E se soubesse, sei que seria tarde demais e as águas salgadas das minhas lágrimas já teriam tido o prazer de apagar minhas esperanças que escrevi nas areias de um futuro desgraçado. Acabou. Morrer seria minha saída, mas seria também o infortúnio da minha família. O que leva um homem a tirar a sua própria vida? A perda de sentido? O continente ártico esculpido sobre as brasas de um coração? A invalidez das nostalgias? O medo do futuro, o medo do presente, o medo de nada mais se fazer maravilhoso, o pensar demais? Não sei, pode ser uma mistura de tudo isso, ou então o nada! O vazio que se sente diante da vida que se construiu vendo que nada se valeu de coisa alguma. Passei minha vida inteira julgando como se o Deus que não existe fosse minha própria razão; razão que hoje não está me ajudando em nada e só está me levando para onde ela sempre levou quem já esteve sob sua irracional justiça. Minha vontade é de absolver todos que um dia prendi e dizer-lhes que são livres para fazer o que quiserem da vida. Quem sou eu para julgar sem ao menos conseguir viver em paz? Não sou ninguém e a arma que uso para me proteger será meu refúgio para o duvidoso paraíso.

Estou neste momento com a minha gaveta aberta olhando para uma simples arma que ganhei de um grande amigo que exerce a mesma profissão que a minha e que agora, felizmente, deve estar gozando de uma realidade mais lúcida do que a que venho vivendo. Não sei se a pego ou se a deixo estar, tenho medo; tenho medo de pegar e cometer alguma loucura sem pensar; loucura sem pensar? Engraçado, toda loucura é um ato impensável, sim, levado pelo inconsciente, e o meu, acho que poluí ao invés de engrandecê-lo. Sujei meu subconsciente de incoerências que vim pensando e de coisas que deixei de aprender, de estar, de viver. Não é uma boa hora para ficar pensando. Estou prestes a segurar esta arma, carregada de vida, e me matar. Choro! Soluço mergulhado num choro desesperador, sufocante, mudo! NINGUÉM ME INCOMODE, POR FAVOR! NINGUÉM EM NENHUMA CIRCUNS-TÂNCIA ABRA ESSA PORTA. TENHO MUITO TRABALHO HOJE, NINGUÉM! Por que, por que meu Deus! Deixará mesmo eu fazer isso com a minha vida? Pelo que sei você vê tudo! Onde está agora? Gozando do seu paraíso particular? Se divertindo com as prostitutas do rio Tejo? Onde está que vai me permitir tirar minha própria vida? ONDE? Já não basta tudo isso? Já não basta essa perda de sentido que se fez da minha vida? O que mais?... Ainda não sei por que converso, sem poder falar, com o cano desta arma sangrando minha boca, com alguém que sequer existe... Estou morto, babando, raivoso, esperneando como uma criança que nada tem a ver com isso, sendo sufocado pelas entranhas que escorrem do meu nariz, angustiado, sentindo a falta de um coração vivo bater outra vez para acalmar-me o peito em pânico. Já estou morto! Estou do outro lado e ainda não vi o sol estilhaçado clarear minhas olheiras inchadas. Não vejo nenhuma felicidade e nem paz, não vejo o descanso tão prometido, não vejo. Vou acabar com tudo de uma vez, apertando esse gatilho? Fazendo o som da minha morte ressoar e assustar o telefone de minha esposa, matando o nosso bebê de nervoso, fazendo-a correr desesperada até a cozinha, pegar uma faca, e apagar todas as estrelas do seu corpo com esperança de se juntar a mim? Não vai me responder, não é, grande poderoso. Sabe que sou fracassado ao ponto de não conseguir nem tirar minha própria vida... Toma! Venha, pegue essa arma que abandonei aqui de frente a mim, derretida pelos meus fluidos, molhada, escorrendo pela mesa em fios de sangue, vamos, pegue, e me mate você mesmo e pare de vez de me torturar assim. Não sei o que fazer. Estou desesperado diante não sei mais o quê, porém, depois de ter encenado minha própria morte, dou-me como um louco, e já não tenho mais nenhuma alternativa a não ser pegar essa arma outra vez e terminar logo com tudo isso. Estou tão afastado de qualquer realidade que ninguém poderia ouvir meus gritos, estou sozinho, mudo, de pernas quebradas expondo meus ossos, sendo devorado pela escuridão do abismo que próprio cavei com as unhas escorras dos meus pensamentos, e que agora me tortura, dissecando-me em carne viva.

    Afrouxei minha gravata para respirar o pouco de ar que ainda mereço, preciso me recompor, preciso de uma luz sequer, de alguma lembrança que me faça sorrir nem que seja em silêncio. Estou desossado e preciso de um gole d'água para que eu enxague minha boca e sinta o gosto do desrespeito. Estou melhor, como se toda transe que entrei não passasse de um pesadelo... Ainda estou medroso, desequilibrado e suando frio como qualquer suicida. A qualquer momento posso ser movido pelas ondas de desespero e acabar com tudo, porém desta vez sem me restar lucidez suficiente para fraquejar. Tomar coragem! Quem sou eu?! Sou um fracassado que não tem peito de tirar a própria vida, sim, sou um grande desperdício de tempo e de afeto e não tem o porquê de estar aqui sofrendo e alargando esse tempo inútil e que só prorroga meu sofrimento. Está você aí de volta, escorregadia, e posso usar como desculpas o meu dedo que escorregou pelo meu sangue... Mas dessa vez vou colocá-la diante ao meu ouvido e assim, como numa concha escuta-se o barulho do mar, escutarei o sussurro da morte... Quem sabe isso me dê a determinação que nunca tive. Estou tremendo e a cada calafrio me vem memórias, me vem desentendimentos, e lembro-me de minha mãe morta, mortinha, me esperando com seus seis buracos nas costas, e vejo também meu pai me chamando, gritando: "Filho, vem aqui, se mata!", diz, "se mata! Vem me ver, vem me doar seu fígado e então te darei um remédio para dor no coração", e assim me vejo, ouvindo todos me chamarem, porém, esquecendo-se que sou fraco e é por isso que estou aqui agonizando, engolindo meus próprios medos como se fossem agulhas, pensando. Pensando, meu vício em pensar está me matando e não vejo como resolver isso, pois agora sei que se eu me livrar dessa vingança, morrendo ou não, ficarei marcado e traumatizado, pregado na cruz pelas minhas próprias atitudes. Está tão gelado esse cano nas minhas orelhas que chego a gargalhar quando penso no meu coração. Poderia agora chamar minha secretária, dizer que meu trabalho acabou, e assim que pisar na minha sala, olhar-me com os olhos de cordeirinha, com aquele sorrisinho imprudente, eu meter-lhe uma bala na cabeça, mas não, não sou bom o suficiente, não servi o exército e nunca, confesso, atirei com uma arma.

Passaram-se três horas de pesadelo, sim, três horinhas, digo, três décadas dentro da minha cabeça doente, e ainda consciente estou à espera do surto, segurando esta arma, com dedos secos e vermelhos, para que a loucura me tome de vez e me leve embora para algum lugar melhor. Vou me levantar um pouco, dar uma volta nessa sala tomada de morcegos e demônios, abafada pela escuridão, e olha só o que vejo com a lupa de minhas lágrimas, e não consigo, nem mesmo assim, enxergar a grandeza do amor que senti quando abracei minha esposa nessa época tão feliz da minha vida. Que foto imbecil! Que foto sem gosto, sem vida, sem amor... Sim, estou tremendo, estou vidrado, estou senão tomado pelo inferno, querendo de qualquer forma que seu fogo me ilumine de dentro para fora, mas não, acho que agora entendi o que se quer dizer com Deus. Deus está em mim, me fazendo passar por tudo isso, não é? É ele quem está segurando este gatilho, tão duro de apertar, tão impossível! Estou calmo agora, olhando pelo infinito da janela, vencido pelo ócio, morrendo diante da beleza que não enxergo em pleno azul do céu. Os que andam lá embaixo mal sabem o que se passa aqui em cima, e Deus diria a mesma coisa. Será que estou louco? Será? O que aconteceu comigo? Por que pesa tanto esta arma em minhas mãos? Que loucura! Meu Deus! Sabe o que me vem à cabeça agora? O despedaçar do que acabei de sentir e ver e sofrer, como quando se está vomitando, em meio a náuseas e calafrios, e no momento que se joga para fora o suco do estômago, se tem quinze minutos de bem-estar, sim, por incrível que pareça estou bem, não estou iludido. Mesmo que as coisas que antes me faziam de pleno sentido ainda não me façam, eu estou bem, sim, apesar de tudo estou bem... Tão bem que se penso em Estela não me vem à cabeça a loucura de querer que ela aborte o nosso filho querido, e se penso no meu passado não me vem à cabeça a pobreza de sentimentos sobre o meu presente; será que estou louco? Ainda me sinto fora da realidade, mas, olhando esses pássaros, me sinto livre de qualquer angústia que carreguei até o momento, naufragando meus ombros; e os pensamentos que antes quase me fizeram acabar com o que eu tenho de melhor, não existem mais... Estou louco, estou louco, LOUCO! Os estilhaços de luz que eu tanto esperava me iluminaram, vieram arrebatados em formas de questionamentos numa maneira, numa onda que até pouco tempo atrás seria impossível de se formar! Os ventos estão, agora, ao meu favor... Alívio é o que estou sentindo. Estou louco; estou ao ponto de sair daqui e ao invés de acabar com a minha vida num estouro de pólvora, acabarei me internando em algum sanatório e contemplando a beleza das enfermeiras, engolindo o suco de maçã e comendo o arroz sem sal que lhe dão como desculpas de uma vida melhor. Estou maluco, estou me sentindo como um pássaro, livre! Livre! E da mesma forma que eles, sim, da mesma forma que são diferentes entre si, o vento em que pairam é o mesmo, o balançar de suas asas tem os mesmos suaves movimentos, e os cantos, por mais diferentes que são seus timbres, são belos às suas formas e fazem parte da mesma ópera... Meu Deus! Acabei de crer, você talvez exista e sua beleza está em tudo, os gregos têm razão... A tragédia está para ser embelezada. Que maluquice! Que lucidez! Você também seria o caos? Olha esse azul límpido, brilhante como os olhos de uma deusa. Espero que este momento dure para sempre, ou tempo necessário para que me faça esquecer de vez o que senti e pensei. Porém, melhor que esquecer é refletir, sim, vou repensar em tudo, vou me lembrar de como vivia e porque pensei como pensei, porque me deixei levar assim tão fácil, tão inocentemente... É uma vergonha, uma falta de vida que existia em mim, e agora vejo com meus próprios olhos, numa perspectiva comovente, quem eu me permiti ser. Sou um cara que se vendeu às amarguras da vida, que vendeu a humildade pelo medo que sentiu, uma criança que sofreu, perdida, por falta de uma mãe; um cara que não soube viver o presente e que dependia das nostálgicas morfinas para acender a luz, a fraca luz de uma irreal felicidade. Um ignorante da vida eu fui. Um ignorante da tragédia, sim, um ignorante, covarde, imbecil, sem sombra de qualquer caráter. O que Estela pensa sobre mim, o que os outros, que tanto sentem por mim, pensam sobre o que estou percebendo somente agora? como posso ter sido tão vergonhoso, e não Deus, não era você falando comigo, era na verdade minha cabeça doente, insana, minha falta de espírito, minha carne podre, salgada pela ignorância, sim, eu estava fadado ao fracasso, e não, não vou vender a minha vida, não vou continuar errando os mesmos passos; minha cabeça é forte e vou erguê-la para contemplar as sutis belezas da vida. Mas e agora, o que será de mim? O que devo fazer? Não sei... Sinto que nasci de novo sem ao menos ter me matado, sinto que a luz que antes me faltava brilhou num clarão de me arder os olhos, como o nascer do sol que acorda os pássaros, como a lua cheia que ilumina o pasto e aguça o tino das corujas. Não acredito, não estou acreditando como nunca acreditei em nada em minha vida, e deve ser por isso que sempre senti o vazio me incomodar o coração, meu Deus, como fui egoísta, como fui falso aos meus próprios olhos, como pude ser tão artificial a ponto de enganar meus próprios olhos e intuição, como pude ser tão fraco, como pude ser tão banal a ponto de enganar meus próprios pensamentos, como pude... Vejo que nunca tive coragem de ficar sozinho, e sempre fugindo das minhas impertinências, dou-me como um fraco, inebriado de ilusões, morto em vida, e se eu me matasse? Tenho certeza que o lugar que me esperava seria este mesmo pesadelo, e, sim, sou um privilegiado e não um fracassado; privilegiado por ter acordado de um transe e ver que minhas atitudes estavam fazendo com que minha vida passasse despercebida diante dos meus olhos. Vivia numa busca implacável de contentamentos passageiros e agora vejo o quão imaturo fui diante das minhas responsabilidades, buscando, me afogando em distrações infundadas que só me levariam ao fundo daquele tão cruel e assustador precipício, sim, essa luz foi como um galho que segurei enquanto caía, e o que pensei quando senti minhas pernas quebradas, meu Deus, quão tolo eu fui... Eu sequer cheguei ao fim do abismo. E vejo que nem cheguei perto, nem me feri, nem de arranhões eu sofri e agora me parece um choramingo de princesa a cena que fiz perante aos meus fartos sentidos. Percebo agora que estou descobrindo coisas que nunca imaginei que existissem, e o melhor, saí de uma ilusão e isso foi melhor do que descobrir qualquer verdade. Estou bem agora, sinto que estou, e vou ficar melhor ainda, não tem mais volta, é como a fumaça do meu cigarro que não volta a se fazer em cinzas, é como as asas desses pássaros que não voltam a bater no mesmo vento, mesmo sendo ele único; único como a vida que levo. Serei como meu filho, um recém-nascido. Vejo-me posto no infinito do tempo em que não existe mais o passado e nem meus anseios pelo futuro, e vejo, agora, lúcido, imortalizado, o começo de uma nova vida, o começo de um presente que jamais pensei que existisse; sinto-me vivo e quando olho para trás, vejo que vivi uma vida morta, sem disposição, vivendo os dias como se fossem os mesmos, como uma abelha, porém sem o sentir o doce sabor da vida. Todo ódio que senti e todo sentimento de inferioridade, meu Deus, não se passava de uma inútil ilusão, pobre e desgastada ilusão! E sei que todo tipo de desgraça e sofrimento não se passam de premonições fantasiosas, ilusórias, fantasmagóricas, porque agora, sentindo meu coração sangrar outra vez, embriagando-me nas mais confortantes sensações da vida, vendo, como se fosse a primeira vez o meu rosto num espelho, enxergo, ainda que um pouco embaçado, a única verdade que talvez exista em tudo e todos; estou aprendendo, enfim, a amar. Creio que o ódio é uma forma doentia de se amar, que a desgraça é a falta do amor, e os pássaros que vi voando cantam contemplando o resplendor da luz que antes não consegui enxergar. Não, não existe mais passado, grande advogado, o que você fez até hoje de nada valeu a pena e nunca é tarde para enxergar, vai, se ajoelhe, chore, mas desta vez chore de alegria, de felicidade, sim, pense, pense no seu filho, em Estela e seu universo de estrelas, pense, viva! E se dê a partir deste momento tão importante para você e tão insignificante para quem o vê, mais uma chance para que viva.

O passado nada mais me importa e muito menos minhas expectativas para qualquer futuro incerto, porque sei que agora me situei no verdadeiro tempo da minha vida. Vejo, desmoronado nesse chão de tábuas tão frias, tão escuras, olhando para esse teto tão claro pela luz do dia, que os únicos passos que dei, enxergando o inferno nos que nada têm a ver comigo, foram os que me mostraram o quão esquio eu estava das minhas próprias verdades e o quão longe eu estava do verdadeiro tempo da minha vida; o quão veloz eu estava e ao mesmo tempo o quão estagnado estava. E nesse momento, de olhos fechados, quase dormindo, com a arma a centímetros da minha mão, tão fria, tão fraca, sinto que o tempo não me importa mais, que os passos que dei e a irrealidade que sinto agora, nada mais é que o meu acordar para uma vida que me lembro de ter sentido apenas quando me vêm à memória as minhas doces lembranças da infância. Estou existindo agora, e o que fui ou o que pensava ser, tão mentiroso, tão falso, tão inexistente, de nada mais me importa agora, e da mesma forma que nunca existi a mim mesmo, sei que nunca existi para mais ninguém. Vejo, agora derrotado pela calmaria, a realidade confusa dos meus sentidos, tão irrelevantes nesse momento, e percebo que sou eu quem a faço; e agora, livre como uma borboleta que acaba de sair de um casulo escuro, voarei pela garoa contemplando toda a tragédia até o meu final destino, até os braços de Estela, e levarei esta arma de volta ao meu querido amigo, que nesse momento lúcido, entendo perfeitamente sua felicidade.

A natureza é bela até nas suas formas mais artificiais. Não acredito que agora consigo enxergar todos esses edifícios à minha volta como enxerguei Estela em seu vestido de noiva, entrando na igreja, carregando o sorriso mais lindo que um homem pode ver. Sim, eu realmente estou melhor, eu realmente estou são, lúcido como os pássaros e me sinto grandioso como as montanhas da minha terra. E por que não pensei antes! Sim! Vou dizer a Estela que mudaremos assim que o outono chegar e vamos viver uma vida mais tranquila no interior. Lá, estaremos cercados pela paz das árvores, pelos cantos de todos os pássaros, pelas águas dançantes dos rios e iremos contemplar toda a simplicidade de uma vida, pois agora vejo que não é necessário nem o carro que tenho parado na garagem para ser feliz, e muito menos essa vida numa cidade de insanos, que mais se parece um sanatório invisível. Sim, vou acordá-la de manhã todos os dias para nos amarmos sob o nascer do sol, respirando quente o frio do orvalho, enquanto nosso filho sonha os melhores e mais inocentes sonhos do mundo... Vamos alugar o nosso apartamento e vamos nos livrar das pessoas que blasfemam até pela demora do elevador. Tenho certeza que ela irá concordar. Nada melhor. Nada mais lúcido! Meu Deus, nem acredito que nunca vim a pé para o trabalho, tão perto, tão fresco esse caminho; não acredito que eu me permitia fazer parte desse trânsito que mais atrasava do que adiantava a minha vida. Isso nunca foi viver, nunca será, pois agora, depois de chegar ao inferno, consigo acender a luz em toda a escuridão que me cerca. Estou bem, muito bem, estou com uma vontade imensa de abraçar e salvar todos que estão à minha volta, andando apressados para dormirem e afogar o travesseiro em lágrimas invisíveis, sonhando com a felicidade dos loucos, se revirando em pesadelos tão reais. Contemplar a tragédia... Sim, agora entendo, agora entendo o maestro, e entendo que os sentimentos não são criados por ele, mas sim pela música que sangra naturalmente do seu coração, escorrendo pela ponta da batuta, jorrando vida ao silêncio da orquestra, e ao contrário do que pensei, ele é mais forte que qualquer um que habita as poltronas do teatro. E vejo, tão calmo, que o silêncio dessa cidade tem o mesmo som dos gritos de pavor que ouvi quando estava afogado em meus fluidos de amargura; e protegido pelas faíscas que fogem do meu peito, vejo que o sofrimento impera nos sorrisos dos que me cruzam e que antes, tão verdadeiros, tomavam conta das minhas feições. Triste. Porém agora contemplo o teatro grego e me faço apenas de plateia. Não me imagino mais parte desse mundo, e me sinto incapaz de fazer qualquer coisa. Agora sei que cada alma viva sofrerá em sua própria e única realidade. Sinto-me incapaz, mas não derrotado, me sinto levado num sentimento altruísta e ao mesmo tempo compadecido, estou real, vivo, caminhando de cabeça erguida, flutuante pelos sonhos, e sim, agora estou sonhando e farei dos meus devaneios a realidade que pensei que nunca iria existir num futuro em que buscava, perdido, no mesmo instante em que me mantinha vivo pelas fartas e depressivas nostalgias do meu passado. O presente é maravilhoso como este final de tarde, é maravilhoso como a tragédia, o ódio, e como todos os meus sentimentos de amor e piedade. Sinto compaixão por todos agora, e nesse momento tão vivo, eu não seria capaz de dizer o que disse ao cachorro na hora em que sentia o fogo do inferno ferver os meus ilusórios pensamentos. Estou feliz, sim, estou bem e não vejo a hora de rever Estela, me acabar no seu amor, e dizer a ela que não sou o mesmo homem, que agora a farei a mulher mais feliz do mundo, pois sei que minha infelicidade era um veneno inodoro e sem gosto que matava o nosso cotidiano. Eu não pensava nela, me preocupava em não me preocupar com seu bem-estar, achava que a vida que a propus, regada de colares e viagens, era o melhor que uma mulher poderia ter, mas não, sei agora que o pensar faz com que ficamos com a pessoa mesmo quando estamos longe, pois sei que já estive tão distante do seu amor, mesmo dormindo em seus braços.

Todas essas árvores, flores e sementes não são senão as flores de um cemitério. São tão belas para se servirem de enfeite para morte de todos estes que vivem presos e angustiados sem ao menos saberem os motivos. E não acredito no que meus olhos podem ver agora, no que posso sentir e imaginar, estou vivo! Sim, estou vivo, e se esta arma que carrego fosse tão viva assim, eu atiraria em todos, e o sangue escorreria de volta ao infinito, florescendo toda a vida que um dia existiu. Triste babilônia, agora tudo faz sentido... O caos é mais belo quando se enxerga mergulhado no lago do amor; sim, o que sinto é amor e tenho que ter virtudes para que eu não o confunda com o sentimento de pena, pois agora sei que não devemos sentir pena, não, não deveríamos nem nos preocupar com o mundo à nossa volta, e usar toda essa energia que temos para nos olharmos a fundo, enxergar o coração, para que mais tarde haja alguma coisa a oferecer. Transbordar sem nos deixar levar, e ajudar aqueles que nadam de vendas nos olhos, pois quando esses enxergarem o escuro do próprio abismo, tenho certeza que correrão atrás de um gole de parafina, em busca da luz que se apagou, e sim, um grande homem consegue enxergar o sol numa luz de velas; consegue enxergar a vida no sorriso de uma criança, a felicidade nos arrepios das estiagens de junho, na tristeza que um dia sentiu e sentirá sempre quando perceber que a vida sempre anda para frente, e perceber que se petrificou numa estátua salgada de medo. A vida é bela, minha gente, a vida é bela! Saiam dos seus carros! Andem a pé! Parem de pensar que estão no caminho certo! Parem! Desistam de pensar! Desistam de morrer aos poucos e se matem de uma vez, e quem sabe assim, enxergarão a vida que tanto sonham nos travesseiros ensopados de suor de pânico, de medo, de tristezas tão profundas, e verão, quando morrerem, que a angústia é só mais uma ilusão. É fácil viver, meu povo, é fácil... Vocês que complicam por acharem que tendo o dinheiro que tanto almejam desde pequenos, serão felizes como são aqueles que cruzam os seus tão atolados caminhos, sorrindo, inocentes, mostrando seus dentes tão cheios de malícias. Amo todos vocês! AMO! Sinto um coração no meu peito enquanto vocês sentem o gosto de sangue que senti quando quase me matei. E agora, pensando assim, pensando que sou louco, vejo que morri e que a morte nada mais é que viver longe de vocês da mesma forma que vivi longe da minha querida esposa naquelas épocas tão distantes. Olho agora para o fim dos céus e não consigo enxergar sequer uma luz de esperança; só enxergo a escuridão do vômito dos seus carros, a náusea que sobrevoa o ar, e vejo vocês, meus irmãos, tão inocentes esperando um gole de vida. Meu desejo agora seria pegá-los à força e enfiar esta arma que carrego e sufocar suas vidas, os fazendo sentir todos os seus mais profundos medos, dizendo que ainda estou louco e que toda essa cena ainda faz parte do transe do meu suicídio; sim, com certeza pessoal, eu ainda estou aprendendo e vejo que estou apenas começando, e só não me mato de uma vez na frente de todos vocês como um ato consciente, como uma catarse reveladora, pois estou curioso em saber o que me espera, ansioso, agora, de uma forma tão sucinta, em desfrutar das verdadeiras tristezas e felicidades, e ter o prazer de aprender com a vida num simples gargarejo às seis da manhã.

Vejo agora que se não penso, minha vida se toma de uma luz inocente, e consigo facilmente sentir o incômodo desta arma na minha cintura suada. A luz e a escuridão e todas as dualidades desse mundo sem sentido e escarnecido por latidos errantes de cachorros que passam fome mesmo com o banquete em suas mesas, e olha só, como tudo é só uma coisa, pensando assim, lembrei-me das aulas de biologia do meu ensino médio e posso compará-los não só aos cachorros, mas também às células de um diabético, que regadas de glicose ainda passam fome por falta de insulina, sim, engraçado esse caminho entre as linhas das minhas cognições que me levam a pensar coisas que não imaginaria que conseguisse lembrar. Que choque! Vejo dentro de mim, agora, várias realidades que vivi, vivo, e que posso viver, mas claro, sem me perder nos caminhos do futuro incerto e do passado estúpido, tão depressor dos meus sentimentos. E das nostalgias consigo tirar o melhor e não sofrer com elas, e das ilusórias ansiedades, sei que agora ao invés de me fundir, indefeso, consigo interagir, preparado, e colocá-las em equilíbrio com o meu presente, tão cheio de vida. Sim, estou pensando demais, porém me pego pensando como se fosse a primeira vez, aprendendo como se fosse a primeira vez, e o pouco de medo que eu sinto, pessoal, é o medo ansioso de querer saber o que é que me espera nos próximos futuros que virão. E a partir de agora vou me acalmar, preciso! E vou apenas contemplar toda a tragédia que me cerca, e segurar meu coração entre os dentes para poder cuspi-lo, mais tarde, nos seios de minha mulher, tão linda.

    Imagino que foi assim que meu amigo, meu grande companheiro da vida, deixou-se ser levado pelo caminho das falsas intuições. Creio que depois de admirar a vida, iludido em intuições tão maravilhosas, inebriado com respostas tão claras enquanto reprogramava seus princípios, ele ouvira, chegando em sua casa, sua mulher gemendo, desesperada como um animal agonizante, com todas suas sardas pintadas de sangue, dizendo que sangrou assim que ele saiu para trabalhar e, berrando, disse-lhe que perdeu o tão esperado filho. Imagino que ainda louco pelas mudanças, inundado de verdades e ilusões desconstruídas, sem saber a qual realidade pertencia, sofrendo diante dos lençóis ensanguentados, e olhando sua esposa sofrer o que suponho que sofreu quando estava prestes a tirar sua própria vida, ele pensou, sem querer pensar, qual seria a luz que deveria iluminá-la, e pensou também, sem querer pensar, em tudo o que imaginou para dizer a ela quando chegasse, e foi nesse momento, acredito eu, que tirou a tão viva arma debaixo do seu paletó e atirou, sem querer atirar, matando para sempre todas as estrelas de Estela, e ainda insano, creio que colocou, sem querer colocar, a arma em sua cabeça e com a coragem que tanto lhe faltava, apertou o duro gatilho com a força da sua fraqueza. Quando cheguei para buscar a arma no horário em que combinamos, me deparei com a família, morta, vivendo o sonho que tanto queriam.